A M. JULES FERRY

GRAND MAITRE DE L'UNIVERSITÉ

L'ARTICLE VII

ET

L'INSTRUCTION DES FEMMES

PAR

ROBERT DUTERTRE

Officier d'Académie

La Grâce est un charme,
Le Savoir, une arme,
Et la Femme plaît
Par ce double attrait.

Prix : 25 Centimes

Chez tous les Libraires et chez l'Auteur

A ERNÉE (Mayenne).

Laval, imp. E. Jamin, quai d'Avesnières, 49.

A M. JULES FERRY

GRAND MAITRE DE L'UNIVERSITÉ

L'ARTICLE VII

ET

L'INSTRUCTION DES FEMMES

PAR

ROBERT DUTERTRE

OFFICIER D'ACADÉMIE

La Grâce est un charme,
Le Savoir, une arme,
Et la Femme plaît
Par ce double attrait.

Prix : 25 Centimes

CHEZ TOUS LES LIBRAIRES ET CHEZ L'AUTEUR

A ERNÉE (Mayenne).

Laval, imp. E. JAMIN, quai d'Avesnières, 49.

AVANT-PROPOS

Nous sommes de ceux qui respectent tous les cultes, codifiant et sanctifiant la morale, parce que nous pensons que peu importe, au point de vue social, la façon, vulgaire ou mystique, simple ou pompeuse, dont chaque peuple ou groupe humain honore l'être infini et irréductible d'où l'on vient et où l'on retourne. Donc, loin de nous la pensée de vouloir attaquer la religion ou plutôt le christianisme dont nous nous plaisons à reconnaître la sublimité du but et la pureté des principes. C'est une des formes, et la plus belle peut-être, de la morale universelle, qui est le vrai culte de l'honnête homme.

Il n'y a pas d'athées dans le sens absolu, malgré qu'on en dise. Mais la conception, la notion adéquate de la divinité varie suivant les esprits, et tels d'entre eux répugnent à la voir représentée sous des formes cocasses. De plus, ils déplorent que l'adoration soit devenue matière à spéculation et que, les vignes du

Seigneur étant d'un bon rapport, il se soit
formé des exploitations christicoles, à l'instar
de celles viticoles, et cela, au grand dommage
de la religion pure.

Dès lors, ils suppriment les intermédiaires
et deviennent des déistes solitaires, avec la
conscience pour temple et la pensée pour
pontife. Que voulez-vous répondre au philosophe qui vous dit : « — Je n'ai nul besoin du
ministère d'un introducteur pour être mis en
communication avec ce dieu dont je sens la
présence en moi et hors de moi et pour qui j'ai
la plus grande vénération. Qu'il faille un culte
public, **agréé** par l'Etat, pour donner une
forme à cette vénération et la rendre saisissa-
ble à la masse du peuple, je ne veux pas dé-
battre cette question. Mais entre l'adoration
commune et collective et l'adoration isolée et
individuelle, pourquoi n'aurais-je pas le droit
de choisir cette dernière, sans m'exposer aux
attaques furibondes d'un prosélytisme outré ?
Si la tolérance n'était pas la loi souveraine,
une religion ressemblerait trop à cette célèbre
maison de commerce qui a des rivales, mais
qui se proclame la seule vraie fabrique de Jean-
Marie Farina.

Il ne faut détruire aucune des religions
qui ont pour base la morale, mais il faut les
limiter toutes à leur stricte mission spirituelle.

M. Jules Ferry et ses collègues ne veulent pas autre chose. Au contraire, que veulent leurs contradicteurs ? ils poursuivent l'abdication de la société civile entre les mains d'une secte étrangère qui s'occupe moins du royaume du ciel que de celui de la terre et qui rêve la domination universelle. — » Voilà comment parle le philosophe libre-penseur et tolérant.

Ce que nous avons voulu, c'est défendre l'État et les établissements laïques de l'enseignement contre les assauts furieux d'un parti politique qui se couvre d'un masque, le cléricalisme, pour faire illusion aux naïfs. Avec le temps, le bon sens et le bon droit triompheront ; la mascarade passera et la vérité resplendira lumineuse sur un monde désabusé. La religion s'épurera et le second paganisme qui, entre tous ses grands défauts, a celui d'être moins gracieux et moins poétique que la théogonie de la Grèce, disparaîtra à son tour, chassé par une instruction plus sérieuse et mieux dirigée. Les idolâtries, les faux cultes, œuvre d'hommes qui s'en servent pour dominer, sont bien près de tomber dès que les peuples commencent à en avoir honte. Adoration et spéculation se contredisent, comme christianisme et jésuitisme. Le devoir de l'État est de répandre les idées saines, sans lesquelles un peuple retourne à l'enfance, et de disperser les corporations internationales illicites, plus factieuses que religieuses, semant le trouble et n'obéissant qu'à un chef étranger.

Si les Prussiens venaient fonder chez nous des maisons d'instruction dans lesquelles on enseignerait aux enfants la désaffection et le mépris de notre gouvernement, république ou monarchie, et l'obéissance au roi de Prusse, tout le monde ne demanderait-il pas la protection de l'article VII, et cette loi de sûreté intérieure ne serait-elle pas votée sans discussion, tant il paraîtrait anti-patriotique de soulever l'argument spécieux de la liberté d'enseignement ?

Pourquoi les Prussiens de l'ultramontanisme jouiraient-ils d'un privilége spécial ? L'art. VII est un statut national et devrait être inscrit dans toute constitution.

Le vote de cet article est un acte de patriotisme ; il est en même temps un acte de tolérance, car la proposition du ministre est une sorte d'amendement à la loi d'expulsion. Si l'amendement n'est pas voté, la loi reste entière et elle sera appliquée. Cela vaut la peine d'y réfléchir. Dans ce cas, comme dans beaucoup d'autres, on pourra dire : mieux vaut un ennemi qu'un dangereux ami.

R. D.

ET NUNC ERUDIMINI

La Grâce est un charme
Le Savoir, une arme,
Et la Femme plaît
Par ce double attrait.

Avec les Lois mêler le culte et les hosties,
Les universités avec les sacristies ;
S'ameuter et crier contre tout professeur
Qui ne peut pas citer quel est son confesseur ;
A sa guise arranger la morale éternelle ;
Soustraire au genre humain l'âme passionnelle ;
Pour assurer l'empire à la crédulité,
Ériger en vertu toute passivité ;
Ne pas vouloir qu'on rie à cette comédie
Où des œuvres de Dieu l'on fait la parodie,
Comme si l'on pouvait perdre le sens commun
Au point de ne pas voir le masque de chacun ;
Assiéger la croyance avec la catapulte
Qu'on sait faire mouvoir au profit de son culte ;
Comme un sable au désert semer les millions ;
Tenter d'émasculer les grands peuples-lions ;

Et lorsque des césars grandit l'omnipotence,
Tenir l'esprit public en dure pénitence ;
Enfin donner raison à d'éternels abus,
Tel est au temps présent l'esprit du Syllabus.

Des pères de famille, hélas ! faut-il le dire,
Atteints par l'air impur que partout l'on respire,
Ne donnant plus accès qu'aux projets vaniteux
Incitent leurs enfants à des marchés honteux.
Ils aiment à les voir, âpres à la curée,
Disputer un emploi, sinécure assurée,
Dussent-ils, en chassant ce précieux gibier,
S'enfoncer jusqu'au cou dans le royal bourbier.
Des femmes qui n'ont foi que dans l'apocalypse
Et la thaumarturgie et pour qui toute éclipse
Vaut mieux que le plus pur rayon de vérité,
Transmettent à leur tour à leur postérité
Toujours mêmes leçons de semblables chimères,
Offrant comme divin, inconscientes mères,
Un philtre empoisonné fait de leur propre main
Qui détruit le cerveau dans l'organisme humain.

Mais quand le doigt du temps au siècle met des rides
Et qu'un soufle de mort fait des déserts arides,
Dieu qui ne veut pas voir périr la liberté,
Fait germer dans le sein de notre humanité
La fleur mystérieuse aux trois brillantes flammes
Qu'on voit s'épanouir dans les plus jeunes âmes.
Elle a nom l'espérance et malgré les tyrans
Elle éclot sur le soir des règnes expirants.
Pour soulever le monde, un levier d'Archimède

Est mis entre nos mains et chacun le possède ;
C'est le droit éternel, sceptre de la raison,
Sacré civilement sans mystique oraison.
Déjà vingt fois la force à saccagé le monde
Versant du sang humain la semence inféconde
Et toujours, lorsqu'elle eut tout glacé de stupeur,
D'elle-même à la fin on vit qu'elle avait peur.
La grande souveraine aujourd'hui c'est l'idée,
Et quoique méconnue elle a, comme Médée,
De l'inflexible moi la virtualité
Et plus haut que les rois plane avec majesté.

Il incombe un devoir, en ces temps de marasme,
A qui n'a pas perdu tout noble enthousiasme
Et qui de ces bas-fonds plutôt que d'approcher
Comme l'aigle aime mieux vivre seul au rocher.
Donc, que tous ceux encor qui gardent dans leur âme
L'ardent foyer du bien et la divine flamme
Où s'épure au creuset, sous un soufle moral,
Tout élément impur du grand corps social,
Luttant pour échapper aux jours de décadence,
Aux miasmes malsains que le siècle condense,
Que ceux-là pour aider au principe nouveau
Couvrent Jules Ferry d'un immense bravo.

Quant aux jeunes gommeux, nourris dans la mollesse,
Que le parti romain séduit et mène en laisse,
Sans qu'ils songent jamais à l'ombre de Calas,
Orgueilleux, en montant sur leurs hauts échalas,
Ils sont si près du ciel et si loin de ce monde
Que le bruit souterrain du cratère qui gronde

Ne les avertit pas de leur témérité
A jouer près du feu du volcan agité.
A l'arbre féodal, sans sève et sans racine,
Bien que pour l'arroser plus d'une main s'incline,
Il ne poussera plus d'assez puissants rameaux
Pour y pendre les corps de rebelles vassaux.
Ces beaux fils que l'on forma au fond d'un gynécée
En haine de l'État, par horreur du lycée,
Impropres par nature aux sévères débats,
Aux luttes de pensée, aux civiques combats,
Mais disciples soumis aux plus gothiques rites,
Ce sont de petits saints vivant en sybarites.
Pour ne pas fatiguer ces êtres énervés
On les réputera des savants achevés
S'ils connaissent un peu la race chevaline
Ou s'ils savent pincer la douce mandoline ;
Car la philosophie à ces tempéraments
Sans nul doute offrirait de trop lourds aliments.

Vous avez vu peut-être une épave qui flotte,
Ne pouvant résister au vent qui la ballotte,
Et que le gouffre amer finit par engloutir ;
Eh bien ! pour eux on peut même sort pressentir.
Débris du moyen-âge ils ne sont qu'une épave,
Et ce monde nouveau que leur vanité brave,
Océan insensible à leurs plaintifs regrets,
Fera passer sur eux ses grands flots du progrès.

Mais détournons nos yeux des races qui sont mortes
Et des malheureux serfs qui formaient leurs escortes;
Regardons le rayon qui blanchit l'orient,

Et la noble déesse au regard souriant
Qui vient nous apporter, dans un pli de sa robe,
Ce qu'un pouvoir parfois pour un temps nous dérobe
Mais qu'on ne peut toujours frustrer à l'être humain :
La charte proclamant tout peuple souverain.
Et, puisqu'autour de nous la ligue se resserre,
Aux sentiers du Progrès il devient nécessaire
Que les jeunes damnées marchent sur les talons
Des vieux saints qui voudraient marcher à reculons.
Ayons donc du bon sens ; soyons du diocèse
Où prêcha Sainte-Beuve en sa chaire française.

Jeunes filles du siècle, espoir de nos cités,
Fréquentez plus souvent les universités ;
Croyez aux droits humains un peu plus qu'aux mystères
Et l'on verra peut-être un peu moins d'adultères ;
Car l'âme qu'on façonne à la crédulité
Peut manquer de ressort contre l'impureté.
Aux rayons éclatants d'une plus chaude aurore
Un monde plus savant doit s'empresser d'éclore.

C'est un joli joujou, la femme d'aujourd'hui.
Que doit-elle être ? — Une âme en qui le siècle ait lui.
Toute jeune on la dresse à la pose scénique ;
C'est de l'art appliqué sur une mécanique,
Ensemble de ressorts, de ficelles, de trucs,
De maquillages même, avant les jours caducs.
De mille riens coûteux pouvoir être attifée,
Voilà son idéal, sa gloire, son trophée !
Hélas ! passer ses jours à changer de chiffons
C'est se mettre plus bas que les anciens bouffons

Et, sans avoir comme eux face laide et camuse,
Se faire le jouet dont l'homme-roi s'amuse.
De l'idole il se dit l'esclave subjugué
Afin de l'enivrer d'un encens prodigué,
La nomme à deux genoux ou sa reine ou son ange
Et l'asseoit dans le ciel, loin de l'humaine fange,
Sur un trône d'opale et d'onyx précieux.
Mais il la tient bien loin des conseils sérieux,
De tout cénacle où seul, il monte à la tribune,
Des emplois de l'état, des postes de fortune,
Des foyers du savant qui scrute un grand projet,
Des chaires où l'esprit traite un noble sujet ;
Et, pour mieux l'entraîner à des pentes fatales,
Il ôte de ses mains le feu pur des vestales.
Or, la frivolité, c'est le pire venin
Qui se puisse infiltrer dans le cœur féminin.
La jeune fille en fleur contient déjà la mère.
Quel fruit sain pourrait donc naître d'une chimère?
C'est le savoir qui seul s'impose au genre humain ;
C'est la pensée au front que l'on s'ouvre un chemin.

Les moissons du savoir germent aux cours d'adultes
Et la science vraie a là ses premiers cultes.
Rome mit l'interdit sur le libre examen ;
A chaque litanie on dut répondre Amen.
Mais il est temps qu'enfin la raison intervienne,
Car l'erreur est impie et non vraiment chrétienne.
Un labyrinthe obscur serpentait au cerveau
Et le fil d'Ariane était un écheveau,
Lorsqu'un sublime esprit, plus sage qu'un prophète,
A nouveau revisant l'histoire contrefaite,

Au livre des Védas trouva le premier christ,
Le verbe tout entier dans un dogme sanscrit,
Et montra Rome et pape et docteurs de Padoue,
Puisant leur origine à cette bible indoue.
La planète elle-même en nous ouvrant ses flancs
Fait remonter son âge à plus de cent mille ans,
Et prouvant, au lieu d'un, de très nombreux déluges
Contredit la Genèse et tous les divins juges.
La science a bien droit d'avoir sur ses genoux
Notre fille chérie, autre moitié de nous.

Ils forment un tissu, les devoirs de la femme,
Fort et solide quand le cœur en est la trame,
Et que toujours l'honneur, au seuil de la maison,
En gardien vigilant veille avec la raison ;
Mais si l'esprit est mort, l'âme mal enseignée,
Cette trame ressemble aux toiles d'araignée.
La foi sans la raison c'est l'image des mers
Où le navire roule au gré des flots amers ;
Sans savoir qui l'emporte, esquif frêle et docile,
Il court avec la vague et vain jouet oscille.
Ainsi, poussée aux vents des superstitions,
Telle femme, en perdant du vrai les notions,
Va, le délire au front, bigote et non chrétienne,
Consulter la sibylle au verset d'une antienne.

Bigotisme sournois ! paganisme éhonté !
A la vierge Marie, à Venus Astarté
On rend un double culte. Ardentes sous leurs tresses,
On voit courir au bois les modernes prêtresses ;
Et plus d'un corybante, en costume élégant,

Pour les suivre de près monte un coursier fringant.
L'intrigue ainsi se mêle aux vertus de parade ;
Le cœur est un rebus, l'amour, une charade.
Que de tant d'élégance on gratte le vernis
Et l'on trouve en dessous des vices infinis.
L'austère foi devient mondaine et chimérique ;
Le plaisir seul est Dieu dans ce siècle hystérique,
Et cela fait songer, image de dégoût,
Que ce Paris si beau recouvre un vaste égout.

L'avenir est à vous, jeunes filles bourgeoises,
Si vous souvenant mieux des horreurs albigoises
Et fermant votre oreille aux vieux inquisiteurs
Vous ouvrez votre esprit aux savants novateurs.
Mais de grâce quittez vos airs de Cléopâtre
Et ne rêvez plus tant d'un mari gentillâtre.
La roture a des noms qui sont plus glorieux
Que bien d'autres laissés par de nobles aïeux.
Pourquoi tels noms flétris, en passant sur vos lèvres
Vous causent-ils au cœur ces vaniteuses fièvres ?
C'est que vous ignorez l'histoire de ces noms.
Oh ! qu'en l'illustre chaîne il est de vils chaînons !
Les uns furent créés ou comtes ou barons,
Pour s'être inféodés aux modernes Nérons ;
D'autres, vils espions, chevaliers d'industrie,
Pour avoir à propos su trahir la patrie.

L'âme comme le corps a besoin d'un effort
Et mieux que le destin chacun se fait son sort.
Oui, tant que vous serez un papillon qui vole,
Une fleur, un désir, un jeune amour frivole,
Tant que ne battra pas sous la neige du sein

Une grande âme, ardente à tout noble dessein,
Tant que vous n'aurez rien des passions puissantes
Qui rendent l'œil brillant et les chairs frémissantes ;
Toujours en vous parquant en des devoirs étroits
L'homme vous deniera vos légitimes droits.
Vous devez conquérir et prendre votre place
A l'agora moderne ; alors fondra la glace
Qui sous son poids épais tient vos cœurs engourdis.
Pour rêver ici-bas sans fin du paradis
Dieu ne vous créa pas la compagne de l'homme.
Ne vous contentez plus d'être un brillant atôme ;
Apprenez tout ce qui par vous peut être appris ;
Dans la science et l'art disputez tous les prix.
Lors ce ne sera plus par pure flatterie,
Cet ordinaire piège à la coquetterie,
Que les savants seront devant vous découverts :
C'est qu'en vous la raison aura les yeux ouverts.
D'un beau titre envié les jeunes bachelières
Rehausseront l'éclat des grâces familières
Et l'homme avec amour suivra leur entretien.
La République alors aura double soutien.

Que la femme ne soit ni le démon ni l'ange ;
Mais la fière amazone en l'humaine phalange.
Que par les cours publics et par les facultés,
Elle obtienne ses droits aujourd'hui contestés.
Ouvrez à deux battants le palais des sciences ;
Reduisez à néant les ineptes croyances,
Les spectres de la nuit, les ensorcellements,
Les pronostics badins que l'on vend aux amants ;
Rentrez dans son cercueil la Marie-Alacoque,

Fétichisme honteux dont le Chinois se moque
Et, que sainte Thérèse à nos adolescents
Épargne le récit des spasmes de ses sens ;
Décrétez d'interdit le spectacle baroque
Donné par une Agnès qui parle ventriloque
Et qui, pour éblouir les badauds qu'elle endort
Raconte qu'elle a vu la vierge en robe d'or.
L'esprit malade entré dans ces hôtelleries
Plus mortelles cent fois que des léproseries
En rapporte, en sortant, l'occulte légion
Des germes empestés de la contagion.
Législateurs français vous avez charge d'âmes,
Vous êtes les tuteurs des enfants et des femmes ;
Laissez l'orthodoxie aux casuistes latins
Mais du monde civil dirigez les destins.
Au pays de Voltaire ouvrez partout l'école,
Si vous voulez revoir Corinne au Capitole,
La jeunesse grandir avec la liberté
Et la France vers Dieu hausser l'humanité.

www.ingramcontent.com/pod-product-compliance
Lightning Source LLC
Chambersburg PA
CBHW061034090726
47597CB00014B/4203